박
경
리 시
집

산다는   슬픔

다산
책방

일러두기

- 제목 미상의 시에는 작가의 외손인 토지문화재단 김세희 이사장이 할머니의 생과 작품 세계를 숙고하며 가제를 붙이고 '•' 표시했습니다.
- 띄어쓰기와 한글맞춤법은 국립국어원 표준국어대사전에 따랐습니다. 단, 원문의 의미를 살릴 필요가 있는 경우 사투리와 비표준어를 그대로 사용하였습니다.
- 본문의 주는 모두 편집자 주입니다.

서문

사랑하는 사람의 숨결과 거기에 담긴 치열한 고통과 삶의 흔적, 그것을 언제나 곁에서 들여다볼 수 있다는 것은 축복일까요, 고난일까요?

할머니가 오로지 자신을 위해서 써 내려간 조각 조각난 글들을 바라보니, 가족으로서 할머니가 감당하며 살아왔을 슬픔과 고통의 무게와 깊이가 심장을 찔러왔습니다.

할머니의 시들이 세상에 공개된다면 이 슬픔이 나누어질지 모른다고 생각했습니다.

그렇게 된다면 조금은 이 근원적인 슬픔에서 벗어날 수 있을까요?

새삼 『버리고 갈 것만 남아서 참 홀가분하다』에 실린 시들이 얼마나 절제된 선택이었는지가 느껴졌습니다.

어머니께서 담은 할머니의 모습이 굉장히 조심스러웠음을 짐작할 수 있었습니다.

그러나 할머니는 언제나 시를 쓰며 그 무엇도 꾸미지 않고 있는 그대로 표현하셨습니다.

그 표현에는 어떠한 성역도 없기에 가장 인간적이며 거룩합니다.

저는 이 슬픔을 나누는 일이 할머니의 글을 사랑하는 사람들에게 무엇을 줄 수 있을지 알 수 없습니다.

단지 저는 시를 읽을 때 글에 녹아 있는 할머니의 모습이 함께했던 시간처럼 떠올라 곁에서 자신의 이야기를 전해주는 것만 같았습니다.

욥의 고통이 할머니에게 삶을 감당하게 하는 무언가가 되었던 것처럼, 가슴 아프도록 시린 슬픔이 내려앉은 할머니의 시간이 저의 마음속 깊은 곳에 닻을 내리는 것을 느낄 수 있었습니다.

그래서 이 시를 읽는 사람들이 작가 박경리가 한 인간으로서 어떤 시간을 지나고서 '참 홀가분하다'라는 말을 할 수 있었는지에 대해 이해할 수 있다면 의미가 있지 않을까 생각했습니다.

흩어진 시들을 모으는 핵심적인 작업을 해주신 임수

희 님과 시집을 편집하고 출간하기 위해 노고를 아끼지 않으신 다산북스의 관계자분들께 감사드립니다.

마지막으로 이 슬픔에 참여하는 모든 이들이 할머니가 슬픔의 밑바닥에 숨겨놓은 찬란한 빛을 찾기를 소망합니다.

2026년 2월

김세희

차례

2부 　　　　　사랑해야 하지
　　　　　　　　　　　않겠는가

3부   어찌 이다지도
말씀이 없으시오

4부　　　　　　　　너무나 많은 것을
　　　　　　　　　보았기 때문이다

5부 　　　　　　내 가까이
　　　　　　있는 사람

1부

동춘

사람

홍수같이 눈물 쏟을 수 없는 일 아닌가
슬픔이 우주만 한들

떠들고 웃고 춤을 추어도
마냥 그럴 수만은 없지

강변에서 불덩이 같은 해가 솟고
또 쓸쓸히 달이 떠오르는데

가엾은 것들*

뿌옇게 열리는 아침
불을 피운다
입김 날리며 올 인부들을 위해

나무 막대기 신문지 낙엽
훨훨 붙는 불길 바라보며
간밤에 추워서 움쿠리고 잠들었을 고양이들
꼬마야! 꼬마야!
불러본다
산에서 내려오고
지붕에서 내려오고
뒷곁에서 돌아나오고
대여섯 마리가 모여든다

가엾은 것들!

대안대사가 한 말

너구리 새끼들 묻어주며

태어나지 말아라

입김 날리며 인부들이 온다

고향 항구

은빛 섬광으로 휘번득이며
고기가 노닐고
해초 나른하게 꿈꾸듯 춤추었다
환하게 드려다보이던 남쪽 바다
내가 태어난 항구

조그마한 통통배 타고
섬으로 갈 때
물살에 손 담가보고
바다의 바닥을 내려다보고
하얀 등대 떠 있는 곳
용궁 생각을 했었지

멀리 가까이
연인같이 오누이같이
다가서고 물러나는 섬,
순박한 사공 아저씨
환하게 웃던 얼굴
지금은 모두 전설이다

동춘東春

사람이 살면 몇백 년을 살것는가!
해 떨어지고
공기섬도 모습을 감출 무렵
동춘 해안 집을 지나노라면
술판 치며 눈 감고 꺽쉰 목소리로
노래하던 뱃사람
항구에는 불이 돋아나기 시작했고
잡화를 펴놓은 노점에는
생선 배 찔러먹고 사는 사내

푸른 가스등이 소리를 내며 탄다
소금끼 먹음은 바닷바람
방천을 치는 물결 소리

입항하는 뱃고동은 길게 길게 작별인 양 만만인 양

상봉인 양 꼬리를 물고

아아 그게 언제였더라?

갯내음 실은 사람들은 모두 한복을 입던 시절

순사가 샤벨을 절거덕거리며 지나가던 시절

개미

옥색 새벽이 걷히고

비스듬히 햇살 드러누운 마당에서

세상사에 귀 막고 오봉산 바라보며

돌을 깐다

나보다 먼저 새벽 헤치고 나온 개미들

그들 부지런함이야 새삼스러울 것도 없지만

모이를 물고 종종걸음 치는 것이

가련하고 안스럽다

그도 생명으로 세상에 태어나서

행, 불행의 길을

아슬아슬하게 가고 있으니

비바람을 피하고 홍수를 피하고

포식자를 피하고 기근을 피하기 위해

어찌 저토록 나브대는가

찰나의 별*

인생살이 험난한 속에서도
쉬어갈 때가 있다고들 한다
쉬어갈 뿐이랴
황홀하고 아름다운 순간인들
없었겠는가
때로는 순간이
편안하기도 하고 황홀하기도 한 것은
암흑 속에서 타는 촛불이거나
칠흑 같은 밤
빛나는 별 하나이기 때문이리라
한 송이 꽃이기 때문이리라
고독한 고통이기 때문이리라

노을로 물든 강가 [*]

상대방 이름이
생각나지 않아 머뭇거리고
단어도 곧잘 잊어먹는다
이승과 저승에다
한 다리씩 걸쳐놓은 듯
기막힌 상실감이
왜 이렇게 예사롭기만 한가

나는 인생을 다 살았는가
아니다 아니다 그럴 리 없지
온통 노을로 물든 강가
풀잎들이 사각거리는데
어릴 적에 심부름 가다가

오십 전짜리 은전 하나 잃고

종아리 맞던 생각

엄마는 멀뚱멀뚱 울지 않는 나를

간 크다며 때렸지

삼가람길

잔디를 깎을까
배추를 솎을까
연못에 물을 대줄까
패랭이꽃 핀 뜰을 서성인다

삼가람길에서
머리칼에 얼굴 묻고 울던 계집아이
어디서 보았던가
이 길을 갈까 저 길을 갈까
한하운의 시구 생각을 했었지

참 멀리까지 왔구나
고개 들면 그 하늘 그 구름인 것을

뻐꾸기가 운다
저 새는 얼마나 멀리에서 왔을까

한 마리, 외로운 한 마리
극락조같이 예쁜 새
내 집 뜰에서 항상 뭘 찾고 있다

봄

늙어도 봄은 못 견디게 하는 계절이다
생각은 모두 다 달아나고
육신이 밖으로 향해 줄달음치는 계절이다
두릅은 엄지손가락만큼 자랐고
골짜기에 달래는 무더기로 솟아나
가늘고 보드라운 잎이 바람 따라 드러눕고
미역취 곰치는 퉁겁게 땅 헤치며
아아 산수유 개나리 진달래 이름 모를 꽃들
산과 들에는 생명으로 가득 차니
어떻게 엉덩이 붙이고 가만히 있겠는가
다만 서글픈 것은 날듯이 달리고
온종일 일하여도 꿈은 달콤하기만 했는데
한 걸음 한 걸음 나가기가 힘들게 된 늙은 몸

아아 생명의 찬란한 빛이여

씨 뿌리는 봄의 정령들이여

온통 세상은 축복이며 축제이다

2부

사랑해야 하지

않겠는가

태풍

바람 따라 눕는 풀잎을 보았다
바람 따라 눕는 나뭇잎을 보았다
바람 거슬러 나는 새를 보았다
바람 거슬러 뚝길 가는 사람을 보았다

니하쿠도오카二百十日
왜말로 기억하는 태풍의 날
하교하던 해변 길에서
우산 날리고
함석이 빗살같이 날아왔다
나무들 뿌리째 뽑히며
바다는 야수같이 울부짖었다

어린 나는
어떻게 살아서 집에 왔는지
지금 생각해도 거짓말 같다
어머니는
빚 받으러 가서 마중 못 했노라
하셨다
무서움보다 외로움으로
작은 가슴은 떨었다

오늘까지 나는
완벽한 것을 원해왔지만
완벽한 것을 기대하지는 않았다

어느 정도 어울리는가

어느 정도 어울리지 않는가

착각도 하고 직시도 하며

사람은 살아가는 것인 성싶다

물망초

나는 그렇게 서 있었다
물망초 내려다보며 서 있었다

처음 단구동 이 집에 왔을 때도
물망초는
그늘에서 호젓이 피어 있었다

나는 너 같은 꽃이 아니다
잊지 말라고 당부할 사람
천지간에 없는 여자니깐

사랑하지 않았기 때문이 아니다
나를 속일 수 없기 때문이다

아아 물망초

너는 감도는 내 주변의 아지랑이

멀리멀리 떠나간 구름

사랑만은 한 올의 거짓 없는 것

그 절대 경지 벼랑의 꽃

나는 너의 감상을 경멸했을 것이다

어린 원보 보듬던 그 사랑이

하늘나라 말고 어디 있겠는가

사랑해야 하지 않겠는가*

잠시 머물다 가는 세상이지만
잠시 머물기 때문에
우리 서로 사랑해야 하지 않겠는가

한 떨기의 꽃은 사랑으로 태어나고
풀잎 하나 비탄으로 시드는데
어찌 대자대비 아니할 것인가

마음은 미움 분노로 타고
마음은 원망 억울함에 병들고
겨울 굴뚝새 같은 내 모습

길

갈대밭 실낱같은 길
이리 비틀 저리 비틀 걷는다
몸 따로 마음 따로
이승인가 저승인가
놀을 덮는 검은 구름
멀리 산마루
나목과 전봇대가 동무하고 서 있네

예감

불도저 포크레인 소리가 나면
나무들은 운다 풀잎들도 운다
도살장을 예감한 소가 울듯이

산을 옮기고 바다를 메우고
억조창생은 소리를 죽이며 운다

서둘지 말게[●]

흐린 날
비는 오지 않고
창밖의 개복숭아
후주레 처져 있네

한바탕 풀 매고 손 씻고
허리 펴고 누우니
가슴이 터질 것 같네
이유 없이 가슴이 터질 것 같네

댕강하니
짧은 삼베 치마의 아낙
동동거리며 비설거지하듯

왜 그리 사나

이 사람아 천천히
서둘지 말게
일 년 열두 달 삼백육십 일
놀고 사는 것도
형벌이겠으나
시간에 앞서려는 것도
참 불행한 일일세

문학 *

문학은 꽃이 아니다
오락가도 물론 아니다
사탕발림의
값싼 위안일 수도 없다

울음과 웃음의 소리 단내 나는 입김
골짜기에서 속삭이다가 목쉰 판소리
장강에 이르는 물길이며
아득한 하늘
별과 같은 곳을 향해
영혼을 찾아 나서야 하고
땅 위에서
곡식을 심어 먹는 일이다

그리고 사랑의 오두막집

안개비 내리는 풍경이다

돌깔기

새벽 3시에도 나가서 돌을 깐다
외등 밑에 풀벌레 기진한 듯 나르고
10월 찬 기운 목덜미에 스며든다

일은 끝없이 나를 유혹한다
손톱이 닳고 돌에 부딪힌 손은
만신창이가 되었지만
살아 있다는 실감, 그것이 나를 유혹한다

아아 일은 진정 보배로구나
모든 것이 허허롭지만
일은 진실이다 삶의 본질이다
피동적 존재가 아닌 까닭에
또 창조이기 때문에 나는 충실해진다

3부

어찌 이다지도
말씀이 없으시오

사물이 된 마음*

사람들은 익숙해져 있다
나는 그것이 놀랍다

컴퓨터에 익숙한 사람
그 옆에서 키 하나 눌러본 적이 없는 내가
당혹해하고 놀라는 것처럼

마음을 사물로 대하는
그 무시무시한 풍경이
나를 사막으로 끌고 간다

아니야 아니야!
외쳐보아도

독사 입속으로 사라져 가는 쥐꼬리같이

그냥 세상은 말이 없고 평온하기만 하다

마음을 사물로만 대한다면

그럴 테지 평온할 것이다

자유

자유를 주장하는 사람은
자기 자신에게
구속돼 있는 것을 알지 못한다.
자유를 모르기 때문이다.

밤이 이렇게 가고 있다.
싸아 소리를 내며 지나가고 있다.
시간이 있다고 믿는 사람은
자유를 논할 자격이 없다.

죽음을 인식하는 사람도
결코 자유롭지는 못하다.
자유는 미사여구에 불과하며
자유는 자기기만 이외 아무것도 아니다.

비밀의 독

면사포같이 환하게 비치는 거짓말
꺼리낄 것 없는 탐욕의 눈빛

완벽한 거짓말보담이야 낫지
욕심을
등 뒤에 숨기고 오는 것보담이야 낫지

그러나 기가 막힌다
꿰뚫어 보면서 구경하는 것을
뻔히 아는 그 뻔뻔스러움
죽고 싶게 무겁구나

이 사람아!

내가 벅수°인가
좀 당황하기라도 좀 하게

대단치도 않은 것 때문에
영혼을 독즙에 적시는
그 무지는
사실 무섭다

° 벅수: '장승'의 다른 이름. '멍청이'의 방언.

기다리는 자의 승리˙

펄펄펄 혼자 뛰며 화를 내다가
제풀에 가라앉는 내 성미
도둑놈들한텐 좋은 먹잇감이다

알고도 모르는 척 넘어가고
파렴치 앞에서 내가 당황하는 것도
모함하는 연놈들에겐 좋은 먹잇감이다

그네들은 쾌락으로 악행하지만
그 추한 꼴을 보아야 하는 당혹감
눈감고 싶고 귀 막고 싶고
이것도 그들에겐 좋은 먹잇감이 된다

그것들을 격파하려면
내 몸이 부서져야 한다
나는 나를 부서뜨릴 내 정열을
실은 무서워하는 것이다
죽는 날까지
나는 할 일이 있기 때문이다
그리고 또 하나의 믿음은
기다리는 자의 승리다

산다는 슬픔 *

이 쓰라림은 어디서 오는 걸까
꽃잎 시드는 그늘 밑
살아 있는 벌레 끌고 가는
개미 떼 때문일까?
죽은 어미 부르는 새끼 고양이 때문일까
아니, 아니
벌판 같은 거리에서
어울려 가면서도
서로 부딪치는 차가운 심장 때문일 거야
아아 산다는 슬픔 때문에

어찌 이다지도 말씀이 없으시오

언제였던지
드라마로 만든답시고
낭낭 높은 벼랑에서
밀어뜨려 놀란 말이
눈물 흘리는 것 보았고
새끼를 두고 떠나지 못하는 쥐
사람 얼굴 쳐다보던 모습

신령이시어
지금은 낮잠의 시간이옵니까
아니면 멀리 나들이하셨습니까
천지만물
창조주의 조물이 아닌 것이 없거늘
어찌 이다지도 말씀이 없으시오

혼자 밥 먹기

오랜 세월
혼자 밥 먹으며 살았다
이제는 습관이 되어
누구랑 함께
밥 먹는 것이 불편하다
쓸쓸한 것이 나의 밥맛이기 때문이다
딸하고 함께 밥 먹는 것은
정다움도 쓸쓸함도 아닌
인생의 절벽
체하기 일쑤다
손자들과는 너무 기뻐서
밥맛을 잃는다
그러나

모든 것은 지나가는 것이 인생이다
원망도 한탄도 미움도 그리움도
다 잊어라

꼴불견

쥐어짠다고 기름이 나오나
욕심부리고 분수 모르고
잘 입고 잘 먹고 잘 놀고
남의 호주머니 어떻게 털어낼까
남에게는 국밥 한 그릇 베푼 일 없고
선택받은 종족처럼 어깨 으쓱거리고
그러다가 나보다 센 놈 있으면
엎드려 기어가고
나보다 돈 많이 가진 놈 있으면
없는 아양 있는 아양 다 떨고
감투라면 머리빡에 신짝 붙이고
뒤질세라 달려가고
풍문까지도 몸에 걸치고 어기적거리는

이 가엾은 족속들의 텅텅 빈 머리통

쥐어짠다고 기름이 나오나

길거리에 너브러진 파지 주워

꿰어 맞춘다고 시가 되나 보석이 되나

취하는 것

인생은 취하는 것인지도 모른다
권력도 그렇고 황금도 그렇고
남자에게는 여자, 여자에게는 남자
명예라는 것도 그렇다
취하는 것이다
씨앗은 다르다 즉 자식은 다르다
그것에 대해서만은 본정신이다
어떠한 희생도 감내한다
아아 그 희생의 아픔이여!
나는 취해서 살고 싶지는 않다
결코 취하고 싶지는 않다!
내 불행은 그 때문이며
또한 내 행복도 그 때문이다

취해서 글을 쓴 적도 없다

글을 쓴다는 것은 피할 수 없는 현실이었다

그 삭막함을 아는가

그래도 나는 취할 수가 없었다

4부

너무나 많은 것을
보았기 때문이다

유한 속의 무한°

TV 화면에 나타난 거룩하신 지식인,
합리적으로 생각하라
자본주의에는 희망이 있다!
한박°만큼 입 벌리고 설파한다
말기 현상의 함성을 지르고 있다
지구를 말아먹는 마지막 재앙,
하기사 유한 생명들
천지개벽도 우주의 질서라면
악종도 필연이라 할 수 있겠지

우주가 열리는 날
시간은 멎을 것인가
존재도 멎을 것인가

그리하면 그것을 영원이라 하는가

° 한박: '함박'의 옛말.

적대 관계[*]

밤 한 되 얼떨결에 오천 원에 사고
다른 상점에서는 같은 밤 삼천 원에 사고
배신의 회오리바람 시장길을 허둥댄다

그렇지
동물의 세상에서는 사고파는 것이 없다

장사꾼들의 얼굴은 철저하게 타인이다
아니 적대 관계다
그들도 집으로 돌아가면 무장을 풀겠지

불안 *

담배를 입에 물었다가
옷깃을 잡아당겼다가
일어섰다간 앉고
드센 바람에 시달리는
창밖의 나뭇잎처럼
내 맘 스산하고
갈피를 못 잡겠네

시시로 다가오는
이유 없는 불안
살 만큼 살았는데
낡은 옷 벗듯
육신을 떠날 때가 됐는데

왜 이러는 걸까

항복하고 싶지는 않아
타협하고 싶지는 않아
가지에 걸려
찢긴 옷자락 꼴이 되어도
진정 내 존엄 버릴 수 없어

아아 꺼지지 않는 분노
이 불안은
항상 분노의 전조였어

현실 사용법

현실이란 자갈을 물린다

현실은 내일을 희생해야 하는 것

현실은 체념이 숨어 있는 것

현실은 명확한 것

현실은 내일을 잡아먹는 것

현실은 꿈을 막는다

현실은 면죄부이기도 하다

현실은 만병통치약

무신론자*

성당 가는 사람 속에서
무신론자를 본다

교회 가는 사람 속에서
무신론자를 본다

절에 가는 사람 속에서
무신론자를 본다

그 아무 곳에도
가지 않는 사람들보다
그들은 한층 철저하게
무신론자다

하나님 부처님 신령님을

아마도

그들은 어느 누구보다

석상으로 인식하고 있을 것이다

신을 기만하는 것 이상의

무신론자는 없을 것이기 때문에

노동의 이유[*]

오래간만에

참 오래간만에

내 육체는 질서를 찾았다

자아 그럼 뭘 하지?

어차피

일이란 파지 같은 것인데

가냘프게 솟는 샘

숨결 끊이지 않고

시간 지나가는 소리

축복 물리칠 수 없네

어떠한 영광

어떠한 환락

어떠한 획득

모두 다 찰나이지만

구원의 찰나는

오직 일뿐이니

무심의 안락도 일뿐이니

진정 소망은

산골의 농부!

떠도는 목수!

옷

십 년 이십 년
묵은 옷들이 아직도 말짱하다
부지런히 나누어 주고
또 사지 않는데
그래도 옷가지는 자꾸만 쌓인다
아마도 일을 많이 못 하는 까닭으로
허드레옷은 더 쌓이는 것 같다
늙으면 깃털같이 가벼워지는 몸
설사 젊다 하더라도
광목 한 필이면 뒤집어쓰고도 남는데
명품을 찾아 헤매는 사람들
날마다 달마다
비싼 옷일수록 지갑이 쉬 풀리는

아아 그것으로 허기가 채워지는가

먹어도 먹어도 배가 고픈

무간지옥의 생령들같이

가엾도다

무게•

인생이 무거운 것인지 가벼운 것인지

알 수가 없네

잠자리 날개같이 가볍게 바스라지는 것이라면

한없이 무겁게 양어깨를 누르는 것 같기도 하고

아니, 아니,

인생이란 숫제 나의 생애가 아니다

목숨들의 모습이며 목숨들의 시련이며

목숨들의 환희요 목숨들의 비애이다

욕망

욕망같이 고독한 것이 어디 있을까
욕망에는 사랑이 없다
해서 육친도 배반한다
무간지옥에서 먹어도 먹어도
허기를 달랠 수 없는 것이 욕망이다

새벽

후덥지근한 방 안

창문을 여는 내 길다란 손길

그리고 검은 밤이 밀려드는데

나는 누구인가!

멍청이 같은 물음이 지나간 자리에

심장을 으깬 듯한 절실함은

아아 검은 밤

저 검은 하늘의 희미한 별

아마도 나는 그것인 것 같다

문명

거룩하신 문명은

오십 년간이나 나를 괴롭혀 왔다

연탄보일러가 그러했고

가스보일러가 그러했고

기름보일러가 그러했고

지하수 모터가 그러했고

전기도 때론 그러했다

목욕탕 물은 더웠다 차가웠다

보일러는 돌았다가 말다가

물을 잠갔는데도 계속 도는 지하수 모터

변덕이 죽 끓듯

모든 것이 자알 돌아갈 때도 불안하다

저기 저 백 층 이백 층 빌딩은

무사태평하신가 몰라

그런 것 생각하고 사는

요즘 사람들이 어디 있는가

하긴 그렇다

내만 유난 떨고 있나 부다

체르노빌의 사건이라던가

인도의 가스 유출이라던가

뉴욕의 그 어마어마한 빌딩이

두 동강 나고 폭삭 무너졌지만

지구인들은

노성벽락°이나 화산 폭발이나 허리케인이나 대홍

수 지진처럼

감수하고 살고 있다

문명이라는 전능하신 신 앞에서

° 노성벽락: '뇌성벽력'의 다른 말.

너무나 많은 것을 보았기 때문이다*

이제 내게는 흥분하고 소리칠 힘이 없어졌다
세상 밖으로 나가서
너무나 많은 것을 보았기 때문이다
늙은 탓이 아니다

공것이라면 양잿물도 마신다는 옛말
오늘 세상에서는 참 소박한 비유다
사람의 간도 꺼내어 먹으려 드는
자본주의의 말기

바스락 소리만 나도 나는 불안해진다
바스락 소리만 나도 울부짖는 내 거위들처럼
사방에서 칼날이 희번덕이고
지폐들은 핏빛으로 물들어 간다

5부

내 가까이
있는 사람

밤새

이판사판, 죽기 아니면 살기
캄캄한 밤, 불을 켜고 달리는 차
멀리서 연이어져 들려오는데
내 뜰에서는
고양이들 기지개 켜는 소리
어미 품 파고드는가
밤새 울음소리

자연의 영靈[●]

숲을 등지고 앉았다

서늘한 것이 등에 스민다

나무들의 정령이

내게로 왔나 부다

다정한 내 친구 내 혈육이여

메마르고 망가지고

여름 햇볕에 들난 잡석雜石 같은 나

적셔주는가 어루만져 주는가

허허어 허허어

염치없고 넉살도 좋지

전기톱 소리에

전율하고 통곡하던 너이들 시간에

나는 편안히 잠을 잤다

우리 집 고양이

내 방과 거실 사이에 있는 공간

방이라 할 수 있지만

고양이가 드나들 문은 항상 열려 있어서

겨울엔 춥다

한 시가 지난 한밤

나는 원고를 쓰고

우리 고양이 세 마리는 코 자고 있다

잠자는 시간과 사료 먹는 시간 외는

항상 산을 싸돌아 자유롭다

양식

쌀!

작은 보시기 하나면

내 일용에 족하다

된장 조금 김치 서너 까치

그거면 내 배 채울 수 있다

세금이 배꼽보다 크고

난방비 전기세도 만만찮지만

내 노년은 넉넉하며 송구하다

넉넉하다

일하는 데 힘이 부치는 것이 서운하지만

그것도 욕심이라면 버려야지

다만 남보다 덤이 많은 내 생명

무엇으로 갚을꼬

눈이 펄펄 내리는데

미안하고 죄송하다

어둠을 기다리며˙

원고를 끝내고 나면 행복하다
반나절쯤 편안하다
창가에 앉아
해 지는 것을 보며 문득
먹물 같은 안개가
내 속으로 스며드는 것을 느낀다
황혼보다 한발 앞서서
스며든다
아득한 날들이
소리 죽이며 다가온다
그리고
내 옆을 스쳐 지나간다
한없이 지나간다

발걸음•

억울할 때
죄 없는 사형수를 생각한다

억울할 때
살점 찍혀 나간 정신대
우리들 자매를 생각한다

그까짓 썩은 주둥이로
뿜어내는 독즙쯤이야

억울하다고 벽에 머리를 찍는 편이
반편 아니냐

컵을 불빛 앞에 들고서
얼마나 깨끗한가 들여다보는
그까짓 결벽증
그까짓 썩은 주둥이와 뭐가 다르랴

나는 내가 썩었는가 아니 썩었는가
가늠하면 족한 것

아아 이것도 약한 자의 한숨인가
진정 세상은 너무 썩었구나
어찌하여 날로 추한 얼굴이 느는가

그런 것에서 눈감고 싶을 뿐이다

도망치고 싶을 뿐이다
비겁자여!

심장의 고통을 헤어본다
숨 가쁘다 한숨으로 달랜다
흐무러진 석축 위를
내가 걸어가는 것이 보인다
내 청춘이 걸어가고 있다

검정고양이

우리 집에는
연갈색의 고양이 세 마리가 있다
사연을 말하자면 길고 길지만
오봉산 골짜기에는 또
우리 고양이 사료를 훔쳐 먹는 검정고양이 한 마리
가 있다

어미와 아들 딸 해서
우리 집 고양이 세 마리의 털은
모두 똑같은 황금색이다

배고프면 돌아와 밥 먹고
잠도 집에서 자지만

대개는 산을 돌아다니며 논다

이따금 새를 몰고 오는 것이
큰 근심거리지만 어쩌겠는가
감금하여 자유를 박탈할 수도 없는 노릇

이들 가족의 내력도 만만치가 않다
하기야 지구상의 들짐승 날짐승 모든 생명
비극적이 아닌 것이 어디 있을까마는

단구동 옛집에서 15년 가까이
들고양이 밥을 해주고 살았는데
회촌 골짜기로 이사 오면서

진정 어쩔 수 없었다

들고양이였기에 잡을 수도 없었지만

십여 마리나 되는 것을 데려왔다간

산의 새들이 결딴나게 생겼으니

그들을 두고 떠나면서

나는 절대로 두 번 다시

고양이를 가까이하지 않으리라는

굳은 결심을 했던 것이다

버리고 온 죄책감과

그들이 어디를 헤매 다니며

뭘 먹고 살려는지 넘나 가슴이 아팠다

내 가까이 있는 사람

모임에서 바라보는 내 가까운 사람

외모가 저렇게 변할 수 있을까?

자유자재로 만들어낸다

시니컬한가 하며 오만하게

자신만만한가 하면

세상을 눈 아래로 내려다보듯

그럴 이유도 없고 그럴 처지도 아닌데

그 장면을 생각할 때마다

눈앞이 캄캄해진다

그 허식의 근원은 도시 무엇일까

육친의 정으로도 메꿀 수 없는

머나먼 거리

속살•

그릇 속에 들앉은 하나의 생물

굴 껍데기 속에 들앉은 굴의 속살

연약하다

생명은 연약하다

세상천지의 뭇 생명은 모두 연약하다

악이든 선이든 숨 쉬며 경련하는 속살

먹고 먹혀야 하는 속살

숨 쉬며 경련하는 찰나의 삶

연약하다

세상에 강자는 없다

육필 원고

1996. 5. 31

사 라 ...

흥수같이 눈물 쏟을 수 없는일 아닌가~
슬픔이 흐르면 하늘

떠들고 웃고 춤을 추어도
마음 그렇고 수많은 있지

강변에서 불당이같은 해가 쏟고
또 쏟쏟히 달이 떠오르는데

밭이라서 누비 예 밭이 봉봉거리는
술어서 못이 찾는 사람치. 청결모

맑음에도 봄

봄은 못견디게 하는 계절이다.
생각은 모두 다 달아나고 (틀에 틀려나가고)
풍신이 북으로 향해 줄달음치는 계절이다
두릅은 엄지손가락 만큼 헤라고
풀잣기에 들레는 무리기로 쏟아나
가을로 붉드라운 살이 바람떨리. 드러눕고
미역취 음하는 듯 갈게 떨어 해치게 쏟아나고
아아 산수유 개나리 진달래 이들모들꽃들
산과 들에는 생명으로 가득차니
어떻게 엉덩이 붙이고 가만히 있겠는가
다만 서글픈 것은 살들이 달리고
온종일 일하여도 꿈은 달콤하기만 했는데
한걸음 한걸음 속가기가 힘들게 되는 봄.
바아. 생명의 찬란한 빛이여
씨뿌리는 봄의 애경로중 들이여
온통 세상은 축복이며 축제이다

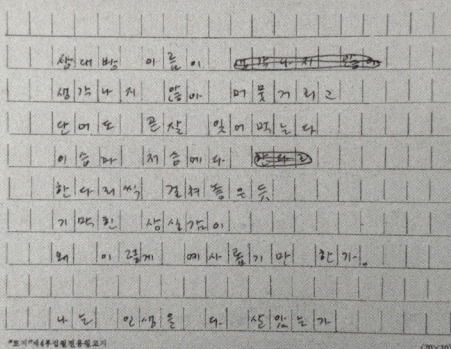

생애 번 이름이

몇 가지 씩 얕마 머물거리고

안 여도 문 산 옆에 띠는다

이슬가 처음에 와

한 사리씩 걸려 놓으듯

기 띄고 생각 감이

왜 이렇게 예사롭기만 한가.

나 더 인생을 다 살았는가

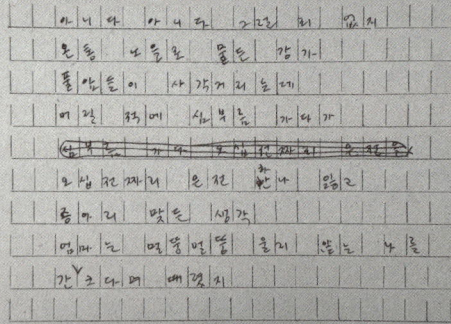

아니 다 아 나 다 그러히 없네

눈물 나들로 울던 감기

물 얕은 이 사각 거리 놓데

여런 찾에 심부름 가다가

나 부고 가 나 앞 대째 지 울 어라

오 십 건 째 리 은 치 한 나 았고

좋아 리 맞는 생각

엄마 던 여름 열 달 울리 않는 나를

간 크다 며 매 겼지

돌깨기

새벽 3시에도 나가서 돌을깬다
외롬 맘에 풀뿌리 기린한듯 나르고
10월 찬기운 물결머에 스며든다

일은 끝없이 나를 유혹한다
손톱이 닳고 돌에 부딪친 손은
만신창이가 돼 버리면
살아 있다는 실감, 그것이 나를 유혹한다

아아 일은 진정 노배로구나
모든 것이 허허롭지만
일은 진실이다 삶의 본질이다
피동적 존재가 아닌 까닭에
또 창조이기 때문에, 나는 충실해진다

길

갖 내 반들, 살 발갈은 길

이리 비틀 저리 비틀 걷노라.

몸 따로 마음 따로

이음인가 저 음인

~~멀리~~ ~~산 바루~~ 놀을 닮는 같은 구름

~~난푹과~~ ~~진붉 때~~

멀리 산 바루

나푹과 진붉내 바 동무하고 서 있네

이 쓰라림은 어디서 오는 걸까

꽃잎 시드는 그늘 만

남아 있는 벌레 굴르가는

개미 때 때문 일까?

좋은 어미 부르는 새끼고양이 때문일까

아니. 아니.

발 딛는 곳곳은 거리에서

어울려 가면서요

서로 부닥치는 차가운 심장 때문일거야

아아 사라는 슬픔 때문에

취하는 것

인생은 취하는 것인지도 모른다.
권력도 그렇고 황금도 그렇고
남자에게는 여자, 여자에게는 남자
맹세하는 것도 그렇다
취하는 것이다.
씨앗을 다르다 등 자식을 나르다
그것에 대해서만은 본정신이다
여러 가지 취생을 감비한다.
아아 그 취생의 아름이여!
나는 취해서 살고싶지는 않다
결코 취해서 살지는 않다!
내 불행은 그 때문이며
또한 내 행복도 그때문이다
취해서 글을 쓸지는 없다

글을 쓴다는 것은 취할 수 없는 현실이 있다
그 사막함을 아는가
그래도 나는 취할 수가 있었다

1996. 9. 10 새벽

방한

후덥지근한 방안   길다란

창문을 여는 내 손길

그러고 검은 밤이 밀려드는데

나는 누구인가!

멍청이 같은 물음 이 때문 키나간 자리에

심장을 드개듯한 정성함은

아아 검은 밤

귀 검은 하늘의 초미한 별

아마도 나는 그것인 것 같다.

밤　새

이탄 사파, 죽기 아니면 살기

깜깜한 밤, 불을 켜고 나리는 車

멀리서 연이어져 들려오는데

내 뜰에서는

고양이들 기지개 켜는 소리

어머품 파그드는가

밤새 울음 소리

숲을 등지고 앉았다

서늘한 것이 등에 스민다

나무들의 정령이

내게로 왔나보다

다정한 뭐... 내 영혼이여

메마르고 망가지고

여름 햇볕에 들뜬 ... 가슴으나

... 주는가 어루만져 주는가

허허여, 허허여

멈추 없고 ... 좋지

전기톱 소리 에

적응하고 ... 하는 네이들 시간에

나는 ... 잠을 잤다

원고를 끝내 2 나면 행복하다

빈 나 정점 편안하다

창가에 앉아 해지는 햇을

해지는 것을 보며 문득

여물 같은 안개가 (내 속으로)

→ 스며드는 것을 느낀다.

황혼보다 한발 앞서서

스며든다

아득한 놀들이

소리 죽이며 다가온다

그리고

내 옆을 스쳐 지나간다

한 없이 지나간다

약력

1926년   10월 28일(음력) 경상남도 통영시(1995년 충무시와 통영군이 통합돼 통영시가 됨) 명정리에서 박수영 씨의 장녀로 출생. 본명 박금이.

1945년   진주고등여학교 제17회 졸업.

1946년   1월 30일 김행도 씨와 결혼. 딸 김영주 출생.

1947년   아들 김철수 출생.

1950년   수도여자사범대학 가정과 졸업, 황해도 연안 여자중학교 교사. 6·25사변에 남편과 사별.

1953년   서울에서 신문사, 은행 등에 근무하며 습작.

1955년   8월 《현대문학》에 단편 「계산(計算)」이 김동리에 의해 추천됨.

1956년   8월 《현대문학》에 단편 「흑흑백백(黑黑白白)」이 2회 추천받아 등단, 본격적인 문학 활동 시작. 아들 사망.

1957년   단편 「불신시대(不信時代)」로 제3회 《현대문학》 신인문학상 수상

1958년	첫 장편 「애가」를 《민주신보》에 연재.
1959년	장편 『표류도』 제3회 내성문학상 수상.
1962년	전작 장편 『김약국의 딸들』 간행.
1965년	장편 『시장과 전장』으로 제2회 한국여류문학상 수상.
1966년	수필집 『Q씨에게』, 『기다리는 불안』 간행.
1968년	단편 「약으로도 못 고치는 병」 발표.
1969년	『토지(土地)』 1부 《현대문학》에 연재 시작.
1972년	『토지』 1부로 월탄문학상 수상.
1980년	원주시 단구동으로 이사.
1983년	『토지』 1부 일본어판 출간.
1988년	시집 『못 떠나는 배』 간행.
1990년	제4회 인촌상 수상. 시집 『도시의 고양이들』 간행.
1994년	8월 15일 집필 25년 만에 『토지』 탈고, 전5부 16권으로 완간. 이화여자대학교 명예문학박사 학위 수여. 『토지』 1부 불어판 출간.
1995년	연세대학교 원주캠퍼스 객원교수. 『문학을 지망하는 젊은이들에게』 간행. 『토지』 1부 영어판, 『김약국의 딸들』 불어판 출간.
1996년	제6회 호암예술상 수상. 칠레 정부로부터 가브리엘라 미스트랄 문학 기념 메달 수여. 토지문화재단 설립, 이사장 취임.
1997년	1월 연세대학교 용재 석좌교수. 『시장과 전장』 불어판 출간.

1999년	토지문화관 개관.
2000년	시집『우리들의 시간』간행.
2001년	토지문화관에서 문인 및 예술인을 위한 창작실 운영. 『토지』독어판 출간.
2003년	환경문화계간지《숨소리》창간. 장편소설「나비야 청산가자」3회 연재(미완.)
2004년	에세이집『생명의 아픔』간행.
2006년	『김약국의 딸들』중국어판 출간.
2007년	『신원주통신-가설을 위한 망상』간행.
2008년	4월 시「까치설」, 「어머니」, 「옛날의 그 집」《현대문학》에 발표.
2008년	5월 5일 별세. 금관문화훈장 추서, 경남 통영시 산양읍 신진리 미륵산 기슭에 안장됨.

산다는 슬픔

초판 1쇄 발행 2026년 3월 27일
초판 3쇄 발행 2026년 4월 17일

지은이 박경리
펴낸이 김선식

부사장 김은영
책임편집 최찬미 **책임마케터** 오서영
콘텐츠사업6팀장 박진혜 **콘텐츠사업6팀** 최찬미
마케팅사업2팀 오서영, 이현주, 단비 **홍보2팀** 정세림, 고나연, 이다은
브랜드사업본부장 정명찬
브랜드홍보팀 오수미, 서가을, 박장미, 박주현 **영상홍보팀** 이수인, 염아라, 이지연, 노경은
저작권팀 성민경 **편집관리팀** 조세현, 김호주, 백설희
재무관리팀 하미선, 임혜정, 이슬기, 김주영, 오지수
인사관리팀 강미숙, 김재경, 김혜진, 김주림, 황종원
제작관리팀 이소현, 김소영, 유미애, 이지우, 이승협
물류관리팀 김형기, 김선진, 주정훈, 양문현, 채원석, 박재연, 이준희, 최대식

펴낸곳 다산북스 **출판등록** 2005년 12월 23일 제313-2005-00277호
주소 경기도 파주시 회동길 490
전화 02-704-1724 **팩스** 02-703-2219 **이메일** dasanbooks@dasanbooks.com
홈페이지 www.dasan.group **블로그** blog.naver.com/dasan_books
용지 스마일몬스터 **인쇄** 민언프린텍 **코팅 및 후가공** 제이오엘앤피 **제본** 국일문화사

ISBN 979-11-306-7538-1 (03810)